GIL CHUAT

_____

MOTS DURS - MOTS DOUX

suivi de

101 DÉCLARATIONS

© 2021, Gil Chuat
Édition : BoD – Books on Demand,
12/14 rond-point des Champs-Élysées, 75008 Paris
Impression : BoD - Books on Demand, Norderstedt,
Allemagne
ISBN : 9782322250721
Dépôt légal : Juin 2021

Couverture :
Carte postale 1900 (détail), Gil Chuat, 2015
Acrylique sur papier, 217 x 135 cm

À Thérèse et Mirza,
Carmen et Paola,
Judith et Julie

MOTS DURS

Suite de reproches et de qualificatifs mis au point dans un avion entre Genève et New York, largement complétée par la suite.

« Si tu te pointes encore, tu peux être sûr que tu repars avec la bite dans un tupperware. »

Réplique de Matt Hunter (Chuck Norris)
dans Invasion USA (1985).

INSULTE, subst. fem.

Le terme *insult* apparaît vers 1380 dans le sens de « soulèvement, sédition ». Il est probablement directement emprunté au latin médiéval *insultus* « assaut, attaque ».

L'insulte suppose un destinataire et son usage est circonstanciel. Elle est la réponse à une situation, à un comportement. L'insulte peut parfois n'être qu'un simple juron* permettant de « purger » une tension. Elle libère par les mots ce qui, dans d'autres circonstances ou chez d'autres personnes, se serait traduit par une agression physique.

INJURE, subst. fem.

La première mention date de 1155 sous la forme de *enjurie*. Il est emprunté au terme de droit latin de l'époque classique injuria « injustice ; violation du droit, tort, dommage ».

L'injure est une insulte qui cherche à blesser ou à déstabiliser une personne clairement identifiée. Elle consiste à utiliser des termes péjoratifs, méprisants, discriminatoires, infamants ou humiliants en les adressant à la personne visée.

GROS MOT

Le gros mot est un mot cru, incorrect, indélicat, obscène, scatologique, qui offense la pudeur, la morale, les codes de politesse. C'est sans doute pour cela que le domaine sexuel - domaine tabou par excellence - fournit le corpus le plus abondant (80 % des mots grossiers !).

Le gros mot est une transgression, volontaire ou non. Il n'a pas besoin d'autre destinataire que soi-même : c'est par exemple le cas quand on laisse échapper un « merde ! » parce qu'on s'est tapé sur les doigts avec un marteau ou que votre petit orteil vient de heurter le pied du lit. Dans de telles circonstances, certains mots aident à faire passer la douleur.

JURON, subst. masc.

Jurer s'entend tout d'abord dans le sens d'« assurer, promettre en prêtant serment ». C'est peu après (1160-74) qu'on le trouve dans le sens d'« invoquer de manière sacrilège le nom d'êtres ou de choses sacrées ». Les deux acceptions, bien que presque contradictoires, seront conservées et de la seconde découlera le substantif juron, de jurer + le suffixe -on (diminutif, petit).

MOTS DURS
Une collection personnelle

Abattant de water-closets

Aimant à torgnoles

Amuse-anus

Anfractuosité hémorroïdale

Animalcule

Anus magnus

Arriéré mortel

Arrière-train de nuit

Au plus profond du trou

Avenir de dinosaure

Baba nu

Baiser de main boueuse

Baise fanée

Barrique d'huître pourrie

Bas anus

Bas-fond d'écran

Bave de molosse enragé

Bidet de maison close

Blobfish

Bol de crachat

Bonbonne de méthane

Bouille d'huître

Caca de cacatoès

Calecif de centenaire

Canard WC

Cancer du troufignon

Capote usagée

Caprice de mauvais coucheur

Caque de macaque

Carie de mammouth

Carnage

Cauchemar satanique

Caverne fétide

Cerveau mononeuronal

Cervelle de poisson rouge

Chiasse d'acarien

Chiourme

Chiure de chauve-souris

Chtouille

Circonlocution de décérébré

Cloaque

Colique

Collection d'immondices

Colon occlusif

Colosse aux pieds de bouse

Con de base

Connard boiteux

Contraint fantôme

Corbillard

Coucougnette d'enfoiré

Couille de taureau d'arène

Couvée du Klu Klux Klan

Couvercle de poubelle

Crachat du dragon de Komodo

Crapaud pustuleux

Crétin des deux Alpes

Crevard avarié

Crevasse inter-fessière

Crève-la-fin

Crevure rectale

Crottin de crétin

Croupe avachie

Croupion d'autruche

Croupion flapi

Cruche de pisse de rhinocéros

Cryptorchidie

Cuisse flasque

Cul de démon

Cul sur la commode

Cul-de-basse-fosse

Culasse de sous-marin nazi

Culte de perversité

Cumul des mandales

Cuvette de WC sur patte

Damnation éternelle

Dard de frelon

Débandade

Débandade sommitale

Débarras barbare

Débris bestial

Déchet syphilitique

Dégazage de fosse septique

Derrière éculé

Désagrément d'excréments

Désenchanteur

Désir désastre

Destin d'éjaculateur précoce

Détail de l'histoire

Diable hautain

Diarrhée de minuit

Doigt de pied contre le pied de lit

Dune de fiel

Eau croupie

Élaboussure de crotte

Écrouletabille

Écumeuse de bitume

Eczéma

Un effacé de mémoire

Élixir de papier hygiénique usagé

Empoté du popotin

Encéphale de politicien

Enflure antédiluvienne

Essence de purin

Étron de mammouth

Exhalaison méphitique

Explosion de vide-ordures

Extase de tueur en série

Extrait de tripes

Face de murène

Faciès de fessier de singe

Factice

Faillite humanitaire

Faisandé de l'an dernier

Vous êtes seulement fade

Fange des ténèbres

Fantôme de coup de vent

Lamentable farce

Fesse de guenon

Fêlure de pot de chambre

Fiente de brontosaure

Fin de rétention anale

Fion

Flatulence

Fléau de vieux

Fond de culotte

Fossile antédiluvien

Foutre de punaise

Foutriquet

Friture de merdon

Fumet de bouc

Gamelle de chien galeux

Glaire de notaire fielleux

Glaviot

Glavoui de mygale

Gobeur de méduse

Graisse de cul de Kardashian

Grimace de troll

Grouillement de cafard

Guy-Georges-Émile-Louis

Huître de fond de gorge

Hyperinactif

Immondice

Infarctus du mis au garde-à-vous

Infime quéquette

Infirme de l'entrejambe

Inflammation colitique

Sans intérêt

Internetroglycérine

Lobotomie du diable

Méphisto les fesses

Loquedu

Loqueteux

Lune de pouilleux

Mâle oméga

Malfaçon visqueuse

Mammifère mollasson

Mannequin chez Pétard & Cie

Matière fécale

Méchant machin

Mélanome malingre

Merdouillerie

Métastase

Micropénis

Mitan de string-ficelle

Modèle de bagnard

Mœurs de morpion

Molard de clochard

Mollusque gastéropode

Morbac

Morsure rabique

Morve de limace

Mocassin à gland

Moustache d'Hitler

Moustique écrasé sur le pare-brise

Néandertalien

Niais-niais

Niche à morpion

Nœud de jambe de chien

Obèse sans baise

Obscure obsédé obscène

Oedème flatulent

3 x Oh my God

Oignon de vioque

Oiseau de très grand malheur

Outre-godiche

Panier de compost fumant

Parfum de PQ

Patte de cul-de-jatte

Pauvre des Spritz

Pécore

Pédant dadais

Peigne-cul du démon

Péquenaud

Perte de faculté

Phtirius

Phtisie galopante

Picrochole

Pignouf

Pique-nique de mite

Piqûre de chikungunya

Plaie purulente

Pluie de pisse

Pluie de pisse de putois

Poignée de porte du lupanar

Postérieur de babouin

Pou du pubis

Poubelle de luxe

Pourriture ignoble

Premier prix du concours de corniaud

Proctologue

Proutard

Prurit anal

Puant comme le cul du diable

Puanteur de chaussette de sdf

Puceau du dimanche

Pus de lépreux

Pustule de crapaud

Pute de Lilliput

Q.C.M.

(questionnaire à choix merdique)

Q.I. de cyprinidé

Quadruple buse

Quart de miette

Que dalle de compression (spécial archi)

Quémandeur

Querelle de pestes

Quetsche véreuse

Queutard trop tard

Queue d'ail

Queue de porc

Quincaillier de modes oubliées

Quintuple buse

Rabâcheur de poncifs

Rabelaid

Rabioteur

Raccourci

Rachitique

Raclure de lieux d'aisance

Radis avarié

Rafistolé

Raideur de méninges

Ramasse-merde

Rance et putride

Rase-naze

Reflux de bile

Résidu de sacrum

Vieux reste

Retard d'allumage

Rognure d'ongle

Rot de bière

Ruine vermoulue

Saigneur

Salope

Sans dent

Sans entrailles

Sans-le-saoul

Savoir-faire de Lucifer

Scandale de banlieue

Scatologue

Schizophrène de province

Schlingueur

Schnouff

Sclérose abysssale

Scolopendre

Secousse d'arrière-train-train

Sécrétion bileuse

Selles serpentiformes

Self-made-âne

Semnopithèque

Sextoy de fondement

Slip dysentérique

Souffle-douleur

Soulier de Satan

Sous-être

Sphincter

String bonbon mouillé

Sueur d'hooligan

Suisse-allemand

Supplice

Tache de foutre

Tænia

Tape-à-l'oeil au beurre noir

Tard, très tard

Tas de bouillasse

Ténardier

Tête de noeud de vache

Théorème de Cambronne

Tornade de méthane

Tortionnaire

Toux de phtisique

Toxiconnard

Trace de pneu

Tripatouilleur de bouse

Traumatôlard

Troll

Trou de bal musette

Trou de préservatif

Trou du culminant

Trouble de l'érection

Troufignon

Tumeur pestilentielle

Typhuberculose paludebola

Ulcère de matière grise

Ultime supplice

Vampire baveux

Vandale lubrique

Verruqueux

Vesse de putois

Vermine

Vérole du bas clergé

Vétuste

Vice de vicieux

Vidange de latrines

Vomi de lévrier afghan

Vomissure

Vostradanus

Vous n'êtes rien

Vrai derche

Wagon si terne

Youtubeurre

Zélateur à la selle

ZED XXL

Zéro dissolu

Zombie méphistophélique

Zooglée

SENTENCES

On ne s'aime plus de plus en plus.

□

Allure de guerrier, mental de merdier.

□

Ça y est, encore une pêche au connard.

□

Con comme la lune et jamais une éclipse.

□

Toi mon rêve de meurtre.

□

Ton père, ta mère, ils ont fait des conneries, la preuve : t'es là.

□

Tu fais du bénévolat dans le milieu de la couillonnade ?

□

Tu ressembles à un humain, mais...

□

- Est-ce que je t'ai manqué pendant mon absence.
- Quelle absence?

□

Une chose que tu devrais cultiver : le silence.

□

L'œil au beurre noir, c'est pour ta gueule, dans le miroir, demain.

□

Je vote pour l'internement des cons ; non, non, je pensais pas à toi.

□

L'été prochain : vacances en Russie. C'est pas prudent, tu sais qu'ils injectent du Polonium à ceux qui dérangent ?

□

À ta place, j'aurais peur de l'opinion de mes enfants.

□

Sa crème de beauté, Préparation H.

□

Ce que je pense de toi ? Bof...

□

Rien de plus difficile que la définition du trou noir, mais ils ne te connaissent pas.

□

Si tu mourais là, comme ça, tout de suite ? Parlons d'autre chose.

□

Chez le chirurgien esthétique, elle est tombée dans les pommes en lisant le devis.

□

Alors comme ça, on t'a contacté pour le remake d'un film...

Tu es à l'intelligence, ce que les biches au coucher de soleil sont à l'art.

□

Tu joues pas aux échecs, tu les collectionnes.

□

- Elle est jolie ?
- Si je te dis qu'elle se démaquille avec du pq, ça te donne un indice ?

□

T'identifier à la morgue.

□

Non voyant, non entendant, non comprenant.

□

Dans ta tête, y a pas trop d'écho ?

□

Et pour les implants de cerveau, t'es en tête de liste ?

□

Tu peux t'asseoir là, la compétence, c'est pas contagieux.

□

Je sors, sur mon trottoir une merde de chien, je pense à toi.

□

Non, je mets plus les pieds chez lui, même si ça porte bonheur.

□

Et ça, ça peut faire des enfants, sans permis.

□

Ah, tu es là.

□

Brigade du QI, vos papiers s'il vous plaît. Ah, mais

ils ne sont pas valables !

□

Je te regarde et je mets en doute l'abolition de la peine de mort.

□

À la tombola des conneries, t'as raflé le gros lot ?

□

Allez, va faire joujou ailleurs !

□

Médiocrinsignifiantminusculinfime.

□

Et Satan conduit le bal.

CITATIONS

La sottise est toujours une tentation irrésistible.

Certains apportent du bonheur dès qu'ils arrivent... d'autres dès qu'ils s'en vont.

Oscar Wilde

Quand je vois la guillotine et ta gueule, je suis du côté de la guillotine.

Pierre Bénichou

Ne vous excusez pas, ce sont les pauvres qui s'excusent. Quand on est riche, on est désagréable !

Gérard Oury

Ce garçon a un côté sympathique, mais on le voit toujours de face.

Francis Blanche

Quelques définitions d'Ambrose Bierce :

Voisin : personne qu'on nous demande d'aimer comme nous-mêmes, et qui fait tout ce qu'il peut pour nous faire désobéir.

Ruse : ce qui tient lieu de cervelle aux imbéciles.

Égoïste : dénué de respect pour l'égoïsme des autres.

Seul : en mauvaise compagnie.

SPÉCIAL AVARICE

Avarice (subst. fem.) est emprunté au latin *avaritia*, on le trouve chez Plaute au sens de « désir de garder l'argent amassé ». Il est noté pour la première fois au XIIᵉ siècle sous la forme *averice* « défaut de l'avare, soif d'accumuler de l'argent ».

Aride	Ladre
Avaricieux	Lésineur
Avide	Lésineux
Cancre	Liardeur
Chiche	Mégoteur
Chien	Ménager
Crasseux	Mesquin
Cupide	Parcimonieux
Économe	Pignouf
Égoïste	Pince-maille
Fesse-Mathieu	Pingre
Gobseck	Pisse-vinaigre
Grigou	Pleure-misère
Grippe-Sou	Poches cousues
Harpagon	Pouacre
Intéressé	Pouilleux

Prêteur sur gages	Serré
Racle-denier	Shylock
Radin	Sobre
Râleux	Sordide
Rapace	Taquin
Rapiat	Thésauriseur
Rat	Tire-sou
Regardant	Usurier
Regrattier	Vautour

Il a le cœur sur la main, mais la main dans la poche.

Il a le cœur sur la main et le poignet coupé.

En Angleterre :
Il a les poches profondes et les bras courts.

En Wallonie :
Il a des gros poings et des poches étroites.
Le linceul n'a pas de poches.

Au Canada :
Le coffre-fort ne suit pas le corbillard.

Proverbe allemand :
Dieu nourrit l'avare, mais le diable est en cuisine.

Proverbe jamaïcain :
Serre la main d'un avare, compte tes doigts.

Proverbe hongrois :
Père avare, fils prodigue.

Le niaf en peau d'hérisson.

Des oursins dans les poches.

Un scorpion dans la bourse.

Le porte-monnaie qui mord.

Non, je suis juste économe !

LES ANCIENNES

Alburostre

Ambisenestre

Avorton

Bâtard

Bélître

Bouseux

Butor

Casse-burnes

Coprolithe

Coquefredouille

Cossard

Coureuse de rempart

Crapulard

Creuset à malédiction

Crevure

Cuistre

Décérébré

Écornifleur

Face de pet

Faquin

Faraud

Fesse-mathieu

Fleur de nave,

Forban

Fort-en-cul

Foutriquet

Fripon

Ganache

Gargouilleux

Gaupe

Godelureau

Godiche

Gougnafier

Gourgandine

Houlier

Jean-Foutre

Malappris

Malotru

Mange-merde	Pleutre
Maraud	Pourceau
Maroufle	Puterelle
Mufle	Raclure de bidet
Myrmidon	Radasse

Nodocéphale	Résidu de basse-fosse
Olibrius	Ribaud
Orchidoclaste	Sagouin
Ostrogoth	Tête de pipe
Paltoquet	Trousse-pet
Philistin	Truandaille
Pignouf	Vil pendard,
Pisse-Froid	Vitulin

CON EN SÉRIE

Je ne parle pas aux cons, ça les instruit.

Un pigeon, c'est plus con qu'un dauphin, d'accord... mais ça vole.

J'ai divisé la société en deux catégories : mes amis ou mes cons à moi et les cons des autres que je ne supporte pas.

Un intellectuel assis va moins loin qu'un con qui marche.

Michel Audiard

Le temps ne fait rien à l'affaire ; quand on est con, on est con.

Georges Brassens

Noël au balcon, enrhumé comme un con.

Proverbe

Quand j'étais jeune, j'étais très con. Je suis resté très jeune.

Jean-claude Van Damme

Un jeune con est assurément plus redoutable qu'un vieux : il a tout l'avenir devant lui !

Pierre Perret

Quand un homme intelligent crée un outil, il y a toujours un con pour en faire une arme.

Alain Leblay

Rien n'est plus voluptueux pour un pas-con que

d'être pris pour un con par un con.

Prenez garde en traversant la vie : un con peut en cacher un autre.

Frédéric Dard

La queue c'est féminin. Le con masculin. Question de chance.

Serge Gainsbourg

Vous savez quelle est la différence entre un con et un voleur ?
Un voleur, de temps en temps ça se repose !

Georges Lautner

Je suis un con, mais quand je vois ce que les gens intelligents ont fait du monde...

Georges Wolinski

Être con est tout à fait supportable tant qu'on l'est suffisamment pour ne pas savoir qu'on l'est.

François Cavanna

On dit toujours qu'on peut pas être et avoir été, mais j'en connais un qui a été con et il l'est encore.

Coluche

La mort, c'est un peu comme une connerie. Le mort, lui, il ne sait pas qu'il est mort. Ce sont les autres qui sont tristes. Le con, c'est pareil.

Philippe Geluck

Il y a plusieurs façons d'être con, mais le con choisit toujours la pire.

Frédéric Dard

Appelons un chat, un chat et un con, un con et vous monsieur, vous n'êtes pas un chat.

Johann Dizant

C'est un iceberg, celui-là, sept fois plus con que ce qu'on voit.

Jean-Marie Gourio

On peut être riche traité de pauvre con, sortir de son bain et être un sale con.

Pierre Perret

On est toujours le con de quelqu'un. Tant pis pour lui.

Jean Dion

Il vaut mieux se taire et passer pour un con plutôt que de parler et de ne laisser aucun doute sur le sujet.

Pierre Desproges

TROUVAILLES INTERNAUTIQUES

À l'arrêt du bus, il s'est fait enlever par un camion poubelle.

□

On dit que la roue tourne, j'espère qu'elle va t'écraser.

□

Tête de cul, parole de merde.

□

Jamais vous prenez l'initiative d'aller vous faire foutre, faut toujours qu'on vous explique, soyez un peu autonome.

□

Je regrette pas mon passé, juste le temps perdu avec toi.

□

L'amour avec un grand « A » / la haine avec une grande hache.

□

J'ai bu tes paroles, maintenant ça me saoule.

□

Plus près du bonheur, donc loin de toi.

Je t'ai à l'œil, mais le jour où je t'aurai dans le nez, tu l'auras dans le cul.

□

- Je t'ai marché sur le pied, oh pardon, mais ça devrait porter bonheur.

□

T'es payé pour faire chier le monde ou tu fais du

bénévolat ?

□

- Tu sais ce que j'aime chez toi ?
- Non.
- Rien.

□

Parfois, je me sens bête. Je pense à toi et ça va mieux.

Tu ressembles à une sirène, mi-femme, mi-thon.

□

T'es un peu comme une étoile filante, quand tu te tires, mon vœu se réalise.

□

- Tu crois que la vie est belle après la mort ?
- Ça dépend, la mort de qui ?

□

C'est fou comme certaines personnes peuvent

embellir votre journée juste en n'étant pas là.

□

Tu as une voix laxative : tu me fais chier.

□

- J'ai perdu trois kilos.
- Ah, tu t'es démaquillée.

□

Essuie ta bouche, il te reste un peu de mensonge au coin des lèvres.

□

Du temps à te répliquer ? Je cherche les mots, pas plus de deux syllabes, c'est ça ?

□

- Il est tombé bien bas.
- Oui, à ta hauteur.

□

Viens on échange les rôles : toi, tu es fou de moi et moi, je me fous de toi.

□

- Pourquoi tu me regardes comme ça ?
- J'ai le hoquet. J'essaie de me faire peur.

Qu'une réponse à l'insulte, le mépris

JE VOUS SIGNIFIE VOTRE CONGÉ

Dis au revoir.

Ça commence à bien faire.

Tu me cours sur le fil.

Change de disque.

Tu vas en prendre pour ton grade.

Lâche-moi la grappe.

Bouge de là.

J'en ai par-dessus la tête.

Je ne vais pas dépenser ma salive pour rien.

Va à tous les diables.

Tu m'échauffes la bile, les oreilles.

Va te faire cuire un œuf.

Va voir ailleurs si j'y suis.

Tu me cours sur le haricot.

Tu crois au Père Noël.

Va te rhabiller.

Va te faire pendre ailleurs.

Va en enfer.

Débarrasse le plancher.

Va te faire voir chez les Grecs.

Va te faire fiche.

Va te faire foutre.

Va chier dans sa caisse.

Fous-moi la paix.

J'en ai soupé.

J'en ai ma claque.

J'en ai plein le cul.

J'en ai ras les burnes.

Si t'en rajoutes une couche...

Je l'ai envoyé sur les roses.

Je l'ai envoyé aux pelotes, au diable, aux flûtes.

Je l'ai envoyé promener, chier, péter.

Je lui ai dit :

Retourne chez ta mère.

Va voir là-bas, j'y suis.

Va brouter le gazon.

Va jouer dans le trafic.

Va mettre le feu au lac.

Va te faire empapaouter.

Va t'acheter un bidet.

Va péter dans les fleurs.

MOTS DOUX

BONHEUR, subst. Masc.

Il apparaît vers 1120 sous la forme de *bon ëur* « fatalité heureuse, chance », composé de *bon* et de *heur* « sort, destin ».

FORTUNE, subst. fém.

« Puissance qui est censée distribuer le bonheur ou le malheur ; représentation allégorique de cette puissance »

Emprunté au latin classique *fortuna* « fortune, sort ; heureuse fortune; condition, situation » au pluriel « biens, richesses »; mais il peut aussi prendre la signification de « tempête ».

Dans la mythologie romaine, la déesse Fortuna ou Fortune est, selon certains, la fille aînée de Jupiter et la personnification de la Chance et du Hasard. Elle est assimilée à la Tyché grecque et, tardivement, à l'Isis égyptienne. Son nom dérive du latin « fors » qui signifie « sort ». À l'époque romaine, elle est représentée avec la corne d'abondance. À cette époque, elle est parfois voilée, mais ce n'est qu'à partir du Moyen Âge qu'elle porte sur les yeux un bandeau symbolique.

CHANCE, subst. fém.

Chance découle du latin classique *cadentia,* déclinaison du verbe *cadere* « tomber » qui s'employait dans le vocabulaire du jeu en parlant des osselets.

La forme *chaance* apparaît au XIIe siècle dans le sens d'une « manière, en général favorable, dont peut tourner un événement » alors que *caanche s'emploie pour* « chute des dés ».

EUDÉMONISME, subst. masc.

Doctrine qui considère que l'homme doit avant tout chercher son bonheur. Le mot est formé à partir du mot grec *eudaimôn* « heureux ».

HÉDONISME, subst. masc.
Doctrine qui considère que l'homme doit avant tout rechercher le plaisir. L'hédonisme provocateur de Voltaire choqua dans un siècle encore fortement marqué par la pensée chrétienne.
Le mot est formé à partir du mot grec *hêdonê* « plaisir ».

ÂGE D'OR

Période de parfait bonheur pour l'humanité.
À l'origine, le mot désignait un passé mythique, sorte de paradis, dont on trouve la première évocation dans *Les travaux et les jours* d'Hésiode (poète

grec, VIII-VIIèmes siècle av. J.C.).

Le mot est employé aujourd'hui aussi bien pour l'avenir que pour le passé.

NIRVANA, subst. masc.

Dans la pensée bouddhiste, état de bonheur suprême qui provient d'un anéantissement de la personnalité individuelle et d'une sorte de fusion avec l'univers.

On peut y voir un parallèle du terme de la philosophie européenne :

ATARAXIE, subst. masc.

Terme provenant d'un mot grec signifiant "absence de trouble" qui désigne l'état de paix atteint par le philosophe capable de maîtriser ses passions et ses désirs.

Les épicuriens et les stoïciens considéraient l'ataraxie comme un état suprême accessible seulement au philosophe.

MOTS DOUX

Suite de pensées agréables récoltée au long des moments calmes.

Abandonner la colère

Abondance

Adieu tristesse

L'Âge d'or

Agrément

À six heures, les aiguilles sont impeccablement alignées sur le cadran

Ail en chemise avec le rôti du dimanche

Aimer la vie même quand le pot de crème t'échappe des mains et éclabousse le carrelage de la cuisine

L'air chaud et sec, saturé du parfum de lavande

L'alignement des marronniers en fleur sur l'avenue

Les alizés qui font des frizottis sur la surface de la mer

Allégresse

Anti-pessimiste

Apéritif sous le tilleul

Après la pluie, traquer le bolet près de la Pierre-Féline

Arabesques sur le marli de l'assiette

Ascenseur à cornichon

Ataraxie

Une aubaine

Aube aux doigts de rose

Prendre l'avantage

Avec brio

Les aventures de Bip Bip et le coyote, 100 fois renouvelées

Bain de bulle à Lavey

Baiser sur la nuque

Balançoire sur la branche du cerisier

Un banc dans les jardins de la Fontaine ou le banc à deux étages au-dessus de la promenade du Crêt

Bataille de boules-de-neige

La bataille de tartes à la crème dans un film muet

Bâtisses tourmentées dans les ruelles d'Istamboul

Béatitude

Le bébé de la voisine qui me fait coucou de la main quand je suis accoudé à la fenêtre

Bébé requin racé zigzaguant dans le seaquarium du Grau-du-Roi

Beignets de fleurs d'acacia

« bel di vedremo levarsi un fil di fumo sull'Estremo confin del mare »

Belle princesse

Bien-être

Bienfait

Bière à la cerise à l'angle de la Grand-place de Bruxelles

Boire au goulot de fontaine, la main en coupelle

Bolée de cidre légèrement pétillant

De bon augure

Nous avons fait un bon voyage

Bonbon en forme de framboise

Bonheur du petit jour

Bonheur serein

Bonheur-du-jour

Une bonne blague

Bonne fortune

Une bonne occase

Bonne rencontre

Une botte de roses «Pierre de Ronsard», blanches
avec le bord des pétales rose

C'est une boule d'amour

Boules de Noël irisées

Bouquet de violettes entouré de ses feuilles en forme de cœur

Une branche de tamaris

Brando qui hurle « Stella! Hey, Stella! »

Brassée de fleurs des champs

Dans les buissons, une fleur blanche au cour jaune qui sent quelques choses entre la menthe et l'oranger

Bulle de champagne

C'est bon, c'est fin, ça se mange sans faim

Ça vaut de l'or

Cadeau

Un câlin

Calme

Je me demande depuis combien de temps ce

caramel traîne dans la poche de ma veste. Tant pis, j'en ai envie.

Carpe qui gobe une miette de pain

Ce qui reste du goût du chocolat dans la bouche

À deux pas de Central Park, dans l'assiette une montagne de pancakes couverts de sirop d'érable

Cerises en pendant d'oreille

Chaleur familière

Champ de blé mûr comme de l'or qui ondoie et frissonne

Une fricassée de champignons avec juste une gousse d'ail, une pointe de moutarde et de la crème

Champs de rosiers en Bulgarie

Chance

Le chemin des écoliers

Chemise de lin sur les épaules

La volupté des choses

Au cinéma, l'impatience avant que le film commence

Clairière

La colline rayée de lavande

Les colonnes du hall de l'Ariana

Concert au Victoria Hall, il y a la musique, mais il y a aussi le décor, le rouge et les ors et de drôles d'anges sans ailes qui soutiennent le plafond de leur tête, on peut les admirer tout son soûl pendant que le voisin somnole

Consolation

Contentement

Conter fleurette

Conversation entre amis

Cortège de l'Escalade

Coucher de soleil n'importe où

La couleur du Curaçao

Coup de téléphone, une bonne nouvelle

Coussin de velours avec un gros bouton au milieu et des petits plis tout autour

Crac, la coque de noix

Craquement de la soie aux reflets changeants

Craquer la glace sur une flaque

Le crépitement du feu

Une croûte au fromage à la Cave Valaisanne

Cuisse contre cuisse

Déboucher dans l'espace de la Sainte-Chapelle

Décor de bistrot

Décrocher la lune

Déjeuner de soleil

Délectation

Délice intense

Derrière le portrait, la campagne de Toscane

Des chants désespérés

Descendre les volées de marches devant la
cathédrale de Lausanne

Le voyageur précédent a laissé le

dessin d'une tête souriante dans la buée sur la vitre du train

Deux ou trois sottises pour faire sourire

« Deux sœurs jumelles nées sous le signe des Gémeaux »

Deux sous de violettes

Devoir son salut au sourire

Dewaere, moustache et fossette au menton

Dimanche matin

Discuter avec son voisin de tablée

Un disque de Sade qui tourne en boucle

Doigt dans le pot de miel

Douceur

Un doudou

Doux péché

Duo des fleurs

Dream a Little Dream of Me

Duvet de plumes d'oie

L'Eau à la bouche

D'eau fraîche

Les éboueurs débarquent sur leur camion, ils sont en plein fou rire

Éden

Édredon

Embrasser

Embruns du jet d'eau sur la jetée

Enchantement

Dimanche matin, les enfants suivent la fanfare de Plainpalais en mimant la marche au pas, après quelques mètres ils courent pour rattraper la queue du cortège

Enivrement

L'envers de l'Enfer

Une escapade romantique

Les escarpins de Fanny Ardant dans le soupirail de

Vivement Dimanche »

Et tout le reste

Été fenêtre ouverte, une chanson qu'on aime chez le
voisin

L'été indien

Le vol des étourneaux

Euphorie

Un événement heureux

Évoluer avec grâce

Extase

Fantaisie

Fauteuil capitonné

Félicité

La fenêtre de la cuisine, un orage d'été, éclairs et
tonnerre

Fesse d'abricot mur

Feuille d'automne

Feux d'artifice

Filet doux

Fine auréole mate et mauve sur le pruneau

Fish & chips debout devant un foodtruck à l'entrée
de Hyde Park

Flâner dans le bas de Broadway

Flocons de neige sur la manche de laine

Flots tourbillonnants

L'eau fraîche de la

fontaine entre les doigts

À la fortune du pot

Un fou rire

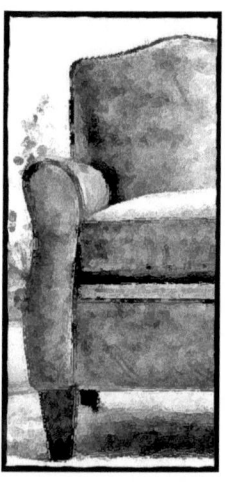

Fourrure pour la descente de lit

Frais d'une église dans la canicule

Friture d'anchois et de sardines sur le port de Nau-
plie

Fruits dans la corne d'abondance

Gabin dans une belle équipe

Gaieté

Les gants de Rita qui tournoient

Gargouille place des Marais

Gazon anglais

Gerbe de glaïeuls

Giardini di Villa Gamberaia

Un gigantesque coup de pot

Une glace sur les quais

Glaçons sous la gouttière

Goutte de sueur au coin du sourcil

Les graines de l'érable qui tourbillonnent comme des hélicoptères, mais en silence

Quelques grains de raisin sucré échappés à la récolte, grappillés avant la pluie

Grande faveur

Grandes eaux à Versailles

Grotte de charmille

« Gueule d'atmosphère »

Habileté

Halo autour de la pleine lune

Une hémérocalle double dans un jardinet à l'abandon

Hercule dans les jardins de Vaux-le-Vicomte

L'épisode où le héros fait sa demande en mariage et elle dit oui

L'heure bleue

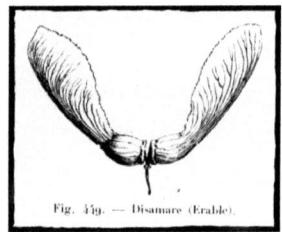

Fig. 49. — Disamare (Érable).

Idéal

Il vous attend, les bougies sont déjà allumées

Une île sur le Lac Majeur

Une illusion, mais belle

L'iris violet vient d'éclore

Jamais deux sans toi

Le jardin à la française, plaisir d'un esprit qui

reconstitue les arabesques

Joie

Karnak, majestueuse allée des sphinx, quarante lions à tête de bélier

Langouste au bord de mer à Saint-Pierre de la Martinique

Une larme de bonheur

Léger tournis

Lente montée du téléphérique

Une tendre lettre d'amour

Libellules en amour

Une licorne qui se carapate

Ligne céleste à l'horizon de l'océan

Lueur dorée de la flamme d'une chandelle

Maisons à colonnades sur le port de Charleston

Ombre et clarté des cannelures sur les colonnes de la Maison Carrée

Malgré tout

Marcher à l'ombre à côté du grand soleil

Marine avec voiliers et tempête

Un masque, mais de carnaval

Matin câlin

Mer calme et reflet du ciel

Minuscules tuiles gaufrées sur les toits du relief
Magnin

Miracle

Miroitement de la rivière

Mon Dieu, là, ça n'a pas changé depuis...

Mûre de ronce

Musarder

La musique, c'est Euterpe

Nirvana

Quelques noisettes maraudées dans les taillis, vertes

mais tendres

Nounours

Nous prendrons le temps de vivre

Un nuage en forme de lion

Nuit étoilée

Odeur du pain frais en passant devant la boulangerie

« Oh, Jerry, don't let's ask for the moon. We have the stars. »

Oiseau-lyre

À l'ombre des micocouliers

Opalescence de la groseille à maquereau

Orage d'été avec pluie tiède, éclairs et tonnerre

Dans une rue d'Amsterdam, un orgue de barbarie joue un vieux générique de télé

Ouate de nuage

Un ours en plus

Ouvrir l'armoire et sentir la lavande

Paix

Quelques pages de Delerm dans « Je Vais Passer

pour un vieux Con »

Pain grillé et confiture de fraises

Un pan de mur de briques pourpres

Le papillon sur le bord de la fenêtre

Parfum du café le matin

« Paris est tout petit pour ceux qui s'aiment, comme nous, d'un si grand amour ! »

Parmi des dizaines d'autres, une photo en noir et blanc, bord dentelé

Parquet fraîchement encaustiqué

Paysage qui défile dans le hublot du train

Peau argentée et luisante de la truite

Peluche de pêche rosée

Petit pot de sauce aux câpres

En se promenant dans la rue, un air de Sydney Bechet, je crois que c'était « Petite Fleur »

Une petite folie

Pétrichor

Le phare qui limite le petit lac

Pieds nus dans l'herbe

Pince à sucre en vermeil

Une pirouette sur la glace

Pizza commandée à la dernière minute pour manger avec lui, pour le retenir

Le plafond du Train Bleu

« Sur la plage ensoleillée, coquillages et crustacés »

Plaisir

Plaisir infime

Plaisir intellectuel du jardin à la française

Plant de trèfle miniature entre mur et trottoir

« Play it, Sam. Play 'As Time Goes By.' »

Plis du sable au bord de l'eau

Plumes de colibri

Poire mielleuse, juteuse, même si elle dégouline un peu sur la chemise

Un polar à l'ancienne avec un peu d'humour et sans trop de cadavres

Pomme croquée à califourchon sur la branche

Pont japonais sur l'étang de Monet

Porte-bonheur

Pot de moût à la terrasse de Peney

Pour un arc-en-ciel, il faut la pluie

Poussin de canard qui glisse sur l'eau

Première fois sur un carrousel

Prendre la clef des champs

Prendre la mer

Prince charmant

Profusion

Promenade en forêt, une clairière

Promenade vespérale

Prospérité

J'ai sorti le pull pour l'hiver, celui qui est tout doux

Pupille du tigre

« Quand tu danses devant moi »

Quatre-feuilles

Quelques bonheurs minuscules

Quelques gouttes de citron sur le bout de la langue

Quiétude

Un Rai de lumière dans le sous-bois

Ravissement,

Reflet d'une facette d'aigue-marine

Sur une tache d'huile, les reflets multicolores

Relaxation

Se remplir les poumons de l'air de l'océan

Un renard, agile et roux, qui joue la fille de l'air
entre les voitures

« Rendez-vous au Paradis, attention c'est un piège,
les anges ne sortent pas le samedi soir en ensemble
beige de chez Courrège »

Rentrer chez soi

Rester couché sur un tapis d'Orient

Réussite

Rêver de la licorne

Richesse

Rideau qui flotte au vent d'été

Rien d'autre

Ris de veau dans un bouchon lyonnais

Un roman de Jules Verne qui promet « Deux Ans de Vacances »

Romanesque

Le ronronnement du chat

Rose rose

Rosée sur un pétale de pivoine

Sable chaud entre les doigts de pied

Samedi matin, beau temps

Satisfaction

Savon parfumé à la verveine

Scintillement d'une boucle de diamant dans l'ombre

Se glisser entre les draps frais et propres

Senteur des pins sylvestres

Septembre

Septième ciel

Sérénade et thé glacé au Florian

Sérénité

Servir le sot-l'y-laisse

« Si, par hasard, sur le pont des Arts, tu croises le vent, le vent fripon, Prudence, prends garde à ton jupon »

Sieste

Soleil à travers les vitraux

Sommets lactés des Alpes

Doux souffle de l'éventail

Souffle de tendresse

Ce souper aux chandelles

Sous le charme

Stimulant

Suc suave

Succès de ouf

Sucette à la framboise

« T'as de beaux yeux, tu sais. »

Ta propre piscine

Un tango au crépuscule

Tapis de soie

Tchin !

Téter le tube de lait concentré

Thé de Ceylan dans une tasse de porcelaine fine

Au théâtre, les applaudissements parce que lui, il a été époustouflant

Une thérapie de confiseur

Tintin : la case avec les Dupondt déguisés en chinois, « Ne te retourne pas »

Sur la toile, fleurs et fruits sont assemblés en bouquet, grenade, rose et mauve, sur le côté, un papillon s'envole

La tombée du jour

Ton doigt m'effleure

Une touche de mélancolie et le ravissement

Touffe de primevères

Un tour sur le grand huit

Tourner la page

Tramway qui glisse vers Carouge

Traversée en mouette

Un trèfle à quatre sur le chemin dans un toupet d'herbes poussées entre deux pierres

Tricoter le bonheur une maille après l'autre

Trompeuse, la lune ?

Ultraléger

Un baiser

Un conte de fée

Un petit bec

Va et vient de la marée

Vacances, j'oublie tout

Vague des conscrits dans la rue Nationale

Valeureux

Là, on a eu de la veine

Velouté

Venise, assis sur les marches de la Salute

Vent frais à la portière

Couleur ventre-de-biche

Vénus sortant de l'onde amère

Ver sacrum

Vermillon

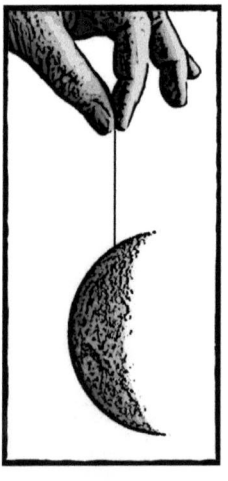

Versicolore

Elle chante «la Vie en Rose»

La ville si calme le dimanche après-midi

Virevolter

Un visiteur attendu

Vivifiant

Voilette violette

Voilier au loin

Voluptueux

Volute

Vous allez faire un voyage imprévu

Vue sur le lac depuis l'autoroute au-dessus de Montreux

Wagon-lit, draps de percale lissée

Week-end au bord de la mer

« Well... nobody's perfect ! »

West Side Story, prologue ou America

Williamine sur un carré de sucre

Les Yeux de Marie Laforêt

« You know how to whistle, don't you, Steve ? You

just put your lips together and blow »

Youyou peint en bleu dans le port de Lisbonne

Zanzibar pour le plaisir de le dire

« La Zelda de Scott en cape de zibeline »

Zéphyr

Un zeste d'allégresse

Zinzin

MENUS PLAISIRS

On reconnaît le bonheur au bruit qu'il fait quand il s'en va.

Prévert

L'essence même de l'Homme est le désir d'être heureux, de bien vivre, de bien agir.

Spinoza

La plus perdue des journées est celle où l'on n'a pas ri.

Chamfort

...Comment dire ce qui n'était ni dit ni fait, ni pensé même, mais goûté, mais senti, sans que je puisse énoncer d'autre objet de mon bonheur que ce sentiment même ? Je me levais avec le soleil, et j'étais heureux ; je me promenais, et j'étais heureux ; je voyais maman, et j'étais heureux ; je la quittais, et j'étais heureux ; je parcourais les bois, les coteaux, j'errais dans les vallons, je lisais, j'étais oisif, je travaillais au jardin, je cueillais les fruits, j'aidais au ménage, et le bonheur me suivait partout : il n'était dans aucune chose assignable, il était tout en moi-même, il ne pouvait me quitter un seul instant.

Rousseau

101 DÉCLARATIONS

Déclarations d'amour que je n'ai pas pu faire, mais qui pourraient être utiles à d'autres.

« Parlez-moi d'amour
Redites-moi des choses tendres
Votre beau discours
Mon cœur n'est pas las de l'entendre »
Jean Lenoir, interprète Lucienne Boyer, 1930

Follement, éperdument, excessivement, immodérément, prodigieusement, désespérément, intensément, profondément, tendrement, câlinement, je t'aime.

◽

Pour l'amour, ils ont fait des romans, des poèmes, des chansons ; nous, on pourrait construire en vrai.

◽

Tu es mon chêne. Je t'aime.

◽

« Désormais », j'employais pas ce mot.
Mais désormais, je vais t'aimer.

◽

Amour – toujours, des conneries tout ça ; nous, c'est encore mieux.

◽

Pour la passion, le grand amour, c'est ce que tu veux, je suis plus que d'accord, je t'aime.

◽

Tel que je suis. Je n'ai pas mis de cravate, pas de coiffure apprêtée, pas de beaux habits. Je suis venu tel que je suis. Honnête. Alors, tu m'acceptes ?

□

Tu es déjà allé à Venise ? On pourrait faire à ça pour notre voyage de noces.

□

Je t'aime.
Lis-le trois fois, dix fois, cent fois.

□

Une vie sans toi, pfff ! Ça servirait à quoi ?

□

Parfois, on ne peut pas le dire ; pourtant, il faut le dire ; non, impossible de dire « je t'aime », pourtant : je t'aime.

□

J'effeuille la marguerite, mais je refuse d'aller plus loin que le cinquième pétale, celui qui symbolise « à la folie ».

□

Les mots, je les ai pas beaucoup appris, mais pour toi, je garde ces trois-là : je t'aime.

□

Tu m'apporte tellement, en même temps on n'est pas là pour faire les courses. Tu m'aides à me dépasser, en même temps on n'est pas là pour faire la course. Tu alimentes et tu fais galoper mon amour.

□

Gris sans toi, triste sans toi, mélancolique sans toi, est-ce que tu veux de moi près de toi ?

□

Pourquoi j'ai tant de peine à te dire « je t'aime », quand je te vois les mots me manquent.

□

Attends, qu'il en vienne un qui ose te dire qu'il t'aime plus que moi, je l'écrabouille.

□

« Paris est tout petit pour ceux qui, comme nous, s'aiment d'un aussi grand amour. »

Jacques Prévert.

□

Tu es là et le reste n'existe pas.

□

On a dépassé le stade de l'amitié, non ?

□

Tout ce temps perdu avant de te rencontrer !

□

La première fois que je t'ai vu(e), j'ai rougi, j'ai bafouillé, mon cœur battait la chamade, je t'aimais déjà.

Aujourd'hui, je le cache, mais c'est toujours pareil.

□

C'est une déclaration d'amour, une vraie. Si tu es d'accord, je suis prêt à la renouveler aussi souvent que...

□

Avant c'était rien, maintenant c'est toujours.

□

Je ne pense qu'à une chose, les copains qui jettent du riz à la sortie de l'église, pour nous.

□

Toutes ces années et je suis encore là.
À t'aimer.

□

Tu adorerais une déclaration d'amour. En face, tu as un gros plouc qui parle « sérieux ». Mais à quoi il pense quand ça s'arrête : à toi.

□

Pas facile de passer après tant d'autres qui ont rabâché le concept. « Je t'aime », c'est trop couru, res-

sassé.
En même temps, c'est ça.

□

Je te touche et mon cœur pousse un sprint.

□

Je t'aime, je t'aime, tu ne trouves pas que c'est un peu minable ça ? Parce que moi, je t'adore, je te vénère, je t'idolâtre.
D'accord, j'en fais trop, mais l'idée y est.

□

Des obstacles face à notre amour, on va casser la baraque.

□

Pas facile d'exprimer ce que je ressens, tout ça parce que mes doigts tremblotent, que ma tête se vide, tout ça parce que je pense à toi, tout ça parce que je pense que je t'aime et que ça ne s'écrit pas, ça se vit.

□

□

Le cauchemar, ce n'est pas un mauvais rêve, c'est quand je suis dans mon lit et que je n'arrive pas à dormir parce que tu n'es pas là.

□

Ce film que tu adores, « Romeo et Juliette » avec Di Caprio, je te propose la même chose, mais sans la fin.

□

Tu as déjà vu ces papillons attirés par la flamme.
Mon cœur papillon et toi flamme.

93

□

Je suis nul à l'oral, nul à l'écrit, mais tu sais que je t'aime.

□

Je t'aime un peu, beaucoup, passionnément, à la folie. Non, je t'aime et c'est tout.

□

Ces fiançailles, ça sert à quoi. On pourrait peut-être passer directement au mariage ?

□

Tu es mon sang, tu coules dans mes veines.

□

Le passé, c'est le passé ; l'avenir, c'est toi.

□

Tu peux me dire pourquoi, quand je suis à côté de toi, je me sens vivre un peu plus fort ?
Parce que je t'aime. Ah oui, c'est exactement ça.

□

Je sais, mon royaume est minuscule, mais est-ce que tu acceptes de devenir ma princesse ?

Si tu acceptes mon cœur, attention, je pourrais le transformer en prison, en labyrinthe, en île isolée au milieu de l'océan.

Pour te garder.

Parce que je t'aime.

□

Le verbe aimer est difficile à conjuguer : son passé n'est pas simple, son présent n'est qu'indicatif, et son futur est toujours conditionnel.

Jean Cocteau

□

Lettre d'amour, chant d'amour, texto d'amour, tout pour toi.

□

L'être idéal, c'est toi. Je t'aime.

□

Tu me manques, je sors de l'appartement, tu me manques, je patiente dans le bus, tu me manques, je mange seul à midi, tu me manques, entre deux rendez-vous de travail, tu me manques, quand ma tête a une seconde de repos, tu me manques, tu me manques, tu me manques par ce que je t'aime.

Si l'amour, c'est quand on pense à toi tout le temps, alors je t'aime infiniment.

□

Un amour **COLOSSAL**, ouais, c'est bien pour nous ça.

~~PRODIGIEUX~~, c'est pas mal non plus.

Alors, on se fait les deux, oui ?

□

La recette du bonheur, tu connais ?

Moi non plus, mais on pourrait la chercher ensemble.

□

Le matin au réveil, je veux pouvoir te dire « je t'aime » et recommencer pendant tout le reste de notre vie.

□

Mille millions de milliards dollars, c'est rien. Mon amour pour toi est largement au-delà.
Ouais, je sais, ça ne se compte pas comme ça, mais comment donner un ordre de grandeur ?
J'ai essayé les kilomètres et j'ai fait péter le compteur. Pour le thermomètre, il a fondu.
Alors, quoi ?

□

Des étoiles et toi dans les yeux.

□

L'amour, c'est drôlement bon ; tu accepterais d'en reprendre une tranche avec moi ?

□

J'étais devant la boulangerie, et je me suis dit : « qu'est-ce que je fous là, si je veux des douceurs, c'est vers toi que je dois aller ».

□

Est-ce que tu veux m'épouser ?

□ oui

□ ~~non~~ *PEUT-ÊTRE*

□

Alors voilà, si tu es d'accord, j'imagine une petite église, j'en connais une charmante à la campagne, du côté de Peney. J'imagine quelques invités, pas trop, assistance mélangée, un peu de famille et quelques copains. Je ne sais pas quel jour, il faudra décider ensemble. J'imagine qu'un samedi ce serait plus pratique pour tout le monde. Et j'imagine que ça pourrait se passer en été, c'est plus agréable, le soleil.
Pourquoi j'imagine tout ça ?
Mais pour notre mariage. Enfin, si tu es d'accord ?

□

Je veux rire avec toi, manger avec toi, sortir avec toi, rentrer avec toi, dormir avec toi, toi, toi.

□

Si tu rêves d'aventures, de poursuites effrénées et de danses endiablées, il faudra en rester au cinéma, parce que moi, ce que je t'offre c'est amour, sourire et calme. D'accord ?

□

Je promets – aimer – toi – toujours.
Le style télégraphique, c'est pas romantique, mais c'est efficace.
Avec ce bouquet de fleurs.

□

Je pense à toi, je pense à toi, je pense à toi, je pense à toi, je pense à toi.

□

Pour toi, j'ai craqué. Complètement craqué.

□

D'amour et d'eau fraîche, je pense que je peux faire un peu mieux, si tu es d'accord.

□

Quand je pense à toutes ces dépenses, l'appartement par exemple, on se connaît depuis assez longtemps pour le partager. Et les impôts, on se connaît depuis assez longtemps pour se marier, non ?

La mairie ferme à 18 heures, si on rassemble rapidement les papiers, on peut, aujourd'hui encore, signer la promesse de mariage. Qu'est-ce que t'en penses ?
Si on se dépêche.
Un peu.
Hein ?

Notre amour... Regarde tous ces jaloux autour de nous.
C'est normal, ils n'ont pas la moitié, le quart, le

dixième de la passion que j'ai pour toi.

◻

Je réponds pas toujours bien, je conduis pas toujours bien, je cuisine pas toujours bien, je range pas
toujours bien.
Mais je t'aime toujours bien, oh combien !

◻

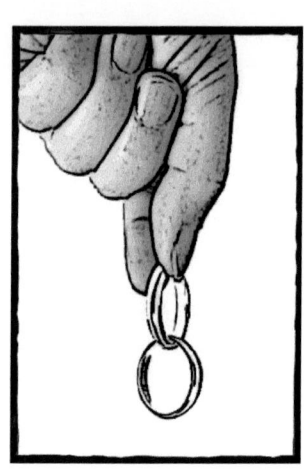

Regarde l'océan, on n'en voit pas la fin.
Comme notre amour.

◻

« L'amour est aveugle ». Quelle connerie. Je te
regarde tout le temps.
Je ne m'en lasse pas.

◻

Baiser, bisou, poutou, des mots choux pour notre
amour si doux.

◻

Mon patron, la concierge, le boulanger, ma collègue,
des gens bien, oui, mais ils ont un énorme défaut :

ils ne sont pas toi.

▫

Pas besoin de me faire tatouer des dauphins, des arcs-en-ciel ou des symbole Mahori parce que c'est toi que j'ai dans la peau.

▫

Ah ! Je vous aime ! Je vous aime !
Vous entendez ? Je suis fou de vous. Je suis fou...
Je dis des mots, toujours les mêmes...
Mais je vous aime ! Je vous aime !
Je vous aime, comprenez-vous ?

Paul Géraldy

▫

Il parait que c'est mai le mieux adapté pour les mariages, mais moi, j'accepte n'importe quel autre mois, pourvu que tu dises « oui ».

▫

Le fruit de ma passion, c'est toi.

▫

J'ai joué à ces jeux de hasard, des trucs à gratter ou des millionnaires. Que dalle.
Un jour, tu es passé dans ma vie et j'ai gagné. J'aime bien où la chance va se nicher.

▫

C'est un coup de foudre, oui, je suis foudroyé.

▫

Je, tu, il, elle.
Aimer.
Il ne reste plus qu'à conjuguer.
Après tout non, je vais rester à la première personne du singulier et ajouter un petit « t ».
▫Comme le ver de terre amoureux d'une étoile, j'ai

les yeux fixés sur toi.

□

Quelqu'un t'attend quelque part, quelqu'un m'attend quelque part. Toi et moi, ici.

□

Tu le sais, j'aime bien les traditions. Il y en a une qui me tient à cœur, alors je me demande si tu accepterais que je te porte dans mes bras pour passer le seuil de notre porte, après le mariage ; enfin, si tu acceptes de m'épouser.

□

Si tu pars, je vais fondre comme une glace à la fraise quand on la tient trop longtemps dans la conversation. Je vais sécher comme un pétale de coquelicot quand on le cueille. Je vais me fissurer comme la banquise qui voit partir les icebergs. Je vais rouiller comme les vieux outils abandonnés. Je vais pleurer comme la sève des arbres blessés.

□

Toqué, je me suis entiché de vous.

□

Je ne sais pas danser. Vraiment pas. Je crois que ce n'est même pas la peine d'imaginer des professeurs, des cours et tout ça. Tu m'as toi-même dit que je bougeais comme une armoire de grand-mère. Alors il faut, dès maintenant, envisager qu'à la première danse sera un désastre, le jour de notre mariage, parce que je veux t'épouser. Allez, dis oui !

□

Je n'ai besoin ni d'un toutou, ni d'une femme de ménage. J'ai besoin de toi.

□

Il n'y a que quand tu es là que je suis complètement moi.

□

- Je t'aime, je t'aime, je t'aime. Alors, trois fois « je t'aime » ?

Avec la voix de Simone Signoret

□

Un jour, ton prince viendra. Sur un beau cheval blanc.
Enfin, prince, est-ce que ce n'est pas un peu démodé ?
Quelqu'un de gentil, de solide, ce ne serait pas mieux ?
Moi, par exemple.

□

J'ai tout essayé, même de ne pas t'aimer : raté

□

- Oh là là, je t'aime, mais tu me fous en rage.
- Qu'est-ce que t'as dit?
- Tu me fous en rage.

□

Maintenant un baiser, rien qu'un petit baiser pour me donner le courage de te demander en mariage.

□

Tu me tourneboules.

□

J'ai peur de l'opium, de la cocaïne et du crack ; tu crois qu'ils me feraient autant d'effet que toi ?

□

Sans limite, ni le temps, ni l'espace, un amour comme le nôtre est au-delà.

□

Je ne sais pas comment sera demain, mais une chose est sure, je vais t'aimer.

□

La musique de mon amour pour toi ? Tu les prends tous, ces compositeurs, au fil des siècles, ils en ont aligné des notes et tressé des couplets, ils ont fait pleurer les violons et se lamenter les divas, pas un qui a su s'approcher de la force de mon amour pour toi.

□

La vie sera ce qu'elle sera, mais avec toi, elle sera plus.

□

LE FAIRE

Dior, Saint-Laurent, Christian Lacroix, tous ces mecs qui habillent les femmes, y me cassent les pieds ; moi ce que je veux, c'est te déshabiller.

□

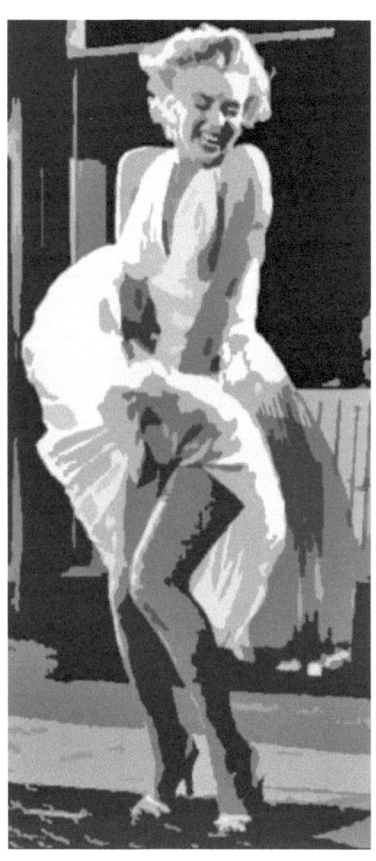

Donner de l'amour, le faire.

Je t'aime de tout mon cœur, de toute mon âme... et de tout le reste.

□

Je suis votre adorateur et j'espère devenir votre savoureur.

□

Je suis déçu pour le mariage, mais pour le reste, c'est toujours d'accord ?

□

L'amour romantique c'est un peu cucul, l'amour vache c'est pas pour moi, mais l'amour avec toi, oua-ouah !

□

Je suis amateur et amoureux de toi.

□

Jacques-à-dit « suis-moi », Jacques-à-dit « désha-bille-toi », Jacques-à-dit « viens-là » et j'ai dit « je t'aime ».

□

Baiser, un petit baiser, baiser ?

□

« Va, je ne te hais point ! »

Corneille, le Cid

J'ai cherché cent façons, je reste à la plus simple : je t'aime.

☐

Nîmes   2021

TABLE DES MATIÈRES